Nota para los padres y encargados:

Los libros de *Read-it! Readers* son para niños que se inician en el maravilloso camino de la lectura. Estos hermosos libros fomentan la adquisición de destrezas de lectura y el amor a los libros.

 El NIVEL MORADO presenta temas y objetos básicos con palabras de alta frecuencia y patrones de lenguaje sencillos.

 El NIVEL ROJO presenta temas conocidos con palabras comunes y oraciones de patrones repetitivos.

 El NIVEL AZUL presenta nuevas ideas con un vocabulario más amplio y una estructura gramatical más variada.

 El NIVEL AMARILLO presenta ideas más elevadas, un vocabulario extenso y una amplia variedad en la estructura de las oraciones.

 El NIVEL VERDE presenta ideas más complejas, un vocabulario más variado y estructuras del lenguaje más extensas.

 El NIVEL ANARANJADO presenta una amplia de ideas y conceptos con vocabulario más elevado y estructuras gramaticales complejas.

Al leerle un libro a su pequeño, hágalo con calma y pause a menudo para hablar acerca de las ilustraciones. Pídale que pase las páginas y que señale los dibujos y las palabras conocidas. No olvide volverle a leer los cuentos o las partes de los cuentos que más le gusten.

No hay una forma correcta o incorrecta de compartir un libro con los niños. Saque el tiempo para leer con su niña o niño y transmítale así el legado de la lectura.

Adria F. Klein, Ph.D.
Profesora emérita, California State University
San Bernardino, California

Managing Editor: Bob Temple
Creative Director: Terri Foley
Editor: Peggy Henrikson
Editorial Adviser: Andrea Cascardi
Copy Editor: Laurie Kahn
Designer: Nathan Gassman
Page production: Picture Window Books
The illustrations in this book were created with watercolor.
Translation and page production: Spanish Educational Publishing, Ltd.
Spanish project management: Jennifer Gillis/Haw River Editorial

Picture Window Books
5115 Excelsior Boulevard
Suite 232
Minneapolis, MN 55416
1-877-845-8392
www.picturewindowbooks.com

Library of Congress Cataloging-in-Publication Data
Blackaby, Susan.
[Emperor's new clothes. Spanish]
El traje nuevo del emperador : versión del cuento de Hans Christian
Andersen / por Susan Blackaby ; ilustrado por Charlene DeLage ;
traducción, Patricia Abello.
p. cm. — (Read-it! readers)
Summary: Two rascals sell a vain emperor an invisible suit of clothes.
ISBN 1-4048-1629-1 (hard cover)
[1. Fairy tales. 2. Spanish language materials.] I. DeLage, Charlene,
1944- ill. II. Abello, Patricia. III. Andersen, H. C. (Hans Christian),
1805-1875. Kejserens nye klæder. English. IV. Title. V. Series.

PZ74.B4254 2005
[E]—dc22   2005023477

El traje nuevo del emperador

Versión del cuento de Hans Christian Andersen

por
Susan Blackaby

ilustrado por
Charlene DeLage

Traducción:
Patricia Abello

Con agradecimientos especiales a nuestras asesoras:

Adria F. Klein, Ph.D.
Profesora emérita, California State University
San Bernardino, California

Kathy Baxter, M.A.
Ex Coordinadora de Servicios Infantiles
Anoka County (Minnesota) Library

Susan Kesselring, M.A.
Alfabetizadora
Rosemount-Apple Valley-Eagan (Minnesota) School District

PiCTURE WiNDOW BOOKS
Minneapolis, Minnesota

Hace mucho tiempo, a un emperador le encantaba la ropa. Gastaba todo el dinero en trajes. Tenía un abrigo para cada hora del día.

El emperador vivía en una gran ciudad. Un día, llegaron dos hombres. Uno era un estafador y el otro un impostor. ¡Un par de pícaros!

Los hombres dijeron que hacían la tela más fina del mundo. Nadie más hacía diseños tan lindos en colores tan brillantes.

—Y eso no es todo —dijo uno—.

¡Los tontos no pueden ver la tela!

"Esa tela me puede servir", pensó
el emperador. Les dio tres grandes
bolsas de oro.

—Háganme un traje —pidió.

Los hombres pusieron un taller. Pidieron gran cantidad de hilos de seda, pero los escondieron. Desde por la mañana hasta por la noche, fingían tejer en telares vacíos.

El emperador se moría por ir a ver
la tela. Pero, ¿y si no podía verla?
Si era tonto, nadie debía saberlo.
"Enviaré a mi asesor —pensó—.
Es más astuto que un gato".

El asesor fue al taller. Miró los telares, pero no vio ni un retazo.

Claro que el asesor no podía ver la tela. ¡Es que no había tela! Pero no se atrevió a decir que no veía nada. "¡Debo ser tonto!", pensó.

—¿Qué piensa de estos bellos
tonos de rojo? —preguntó el
estafador.

—¿No le encanta el diseño de
rombos? —preguntó el impostor.

—¡Claro que sí! —dijo el asesor—.
Nunca he visto nada igual. Le daré
un informe completo al emperador.

Los hombres recibieron más dinero y materiales. Fingieron seguir tejiendo de día y de noche.

Al cabo de un tiempo, el emperador envió a un duque a ver la tela.
El duque miró los telares vacíos.

"No soy tonto —pensó el duque—.
Pero no puedo ver la tela. Nadie
debe saberlo". Entonces dijo en
voz alta: —¡Qué bella tela!

—¿Cómo podré describirla?
—preguntó el duque. Los hombres
le dijeron cómo era la tela. El
duque se lo dijo al emperador.

La noticia de la fina tela voló
por la ciudad. El emperador
tenía que verla con sus
propios ojos.

El emperador, su asesor y el duque fueron al taller. Cada uno creía que los demás veían la tela en los telares vacíos.

—Miren qué tono de rojo tan vivo

—dijo el asesor.

—Miren el diseño de rombos

—dijo el duque.

"Vaya —pensó el emperador—.
¿Seré tonto? ¡No puedo ver la tela!"

—¿Le gusta? —preguntó el impostor.

—¡Es fantástica! —dijo el emperador.

—La podrá usar en el gran desfile

—le dijo el asesor.

—Buena idea —dijo el duque.

—¡Perfecto! —dijo el emperador y aplaudió—. Ustedes dos hacen las mejores telas de estas tierras. Sigan adelante.

¡Snip! ¡Snap! ¡Zip! Los hombres
fingieron trabajar como locos.
Por fin el traje estuvo listo. ¡Pero
el emperador no veía nada!

Los hombres fingieron ponerle
al emperador el nuevo traje.
—¡Es como las nubes! Ni lo
sentirá puesto —dijo el impostor.

El emperador se miró al espejo.

—¡Le quedó perfecto! —dijo el estafador. —¡El diseño y los colores son fenomenales! —añadió el otro.

El emperador encabezó el desfile.
Su asesor y el duque fingían
llevar la cola de la capa. Todos
aplaudían para no parecer tontos.

Al fin, un niño exclamó: —¡Miren!

¡El emperador no tiene traje!

Al poco rato todos gritaban:

—¡El emperador no tiene traje!

"¡Me engañaron! —pensó el
emperador—. ¡Sí que soy un tonto!"
Pero mantuvo la cabeza en alto
y encabezó el desfile hasta el final.

Más *Read-it! Readers*

Con ilustraciones vívidas y cuentos divertidos da gusto practicar la lectura. Busca más libros a tu nivel.

CUENTOS DE HADAS Y FÁBULAS

La bella durmiente	1-4048-1639-9
La Bella y la Bestia	1-4048-1626-7
Blanca Nieves	1-4048-1640-2
El cascabel del gato	1-4048-1615-1
Los duendes zapateros	1-4048-1638-0
El flautista de Hamelín	1-4048-1651-8
El gato con botas	1-4048-1635-6
Hansel y Gretel	1-4048-1632-1
El léon y el ratón	1-4048-1623-2
El lobo y los siete cabritos	1-4048-1645-3
Los músicos de Bremen	1-4048-1628-3
El patito feo	1-4048-1644-5
El pescador y su mujer	1-4048-1630-5
La princesa del guisante	1-4048-1634-8
El príncipe encantado	1-4048-1631-3
Pulgarcita	1-4048-1642-9
Pulgarcito	1-4048-1643-7
Rapunzel	1-4048-1636-4
Rumpelstiltskin	1-4048-1637-2
La sirenita	1-4048-1633-X
El soldadito de plomo	1-4048-1641-0

¿Buscas un título o un nivel específico? La lista completa de *Read-it! Readers* está en nuestro Web site: *www.picturewindowbooks.com*